JN048245

伊藤敬子

句集

千艸

ちぐさ

角川書店

句集　千艸　目次

装丁　吉原敏文

句集 千艸（ちぐさ）

春

長浜の梅咲き誇る慎ましく

笹の葉の姿ととのふ雪間かな

百羽二百羽羽根おろしたるかたかご草

山火燃ゆ追憶一つ一つ美し

下萌を踏むかなしさをなしとせず

冴返る井伊の亡びし桶狭間

白魚や遠きむかしの桑名浜

船津屋に誓子囲みし白魚膳

潮騒や真砂の浜のさくら貝

うぐひすのこゑ目に映る三之町

初音ありて電子文字なるわが一句

すみれ濃し銀河へつづくみちすすむ

春めくや裏山の笹ひるがへり

春夕焼応ふる位置に乗鞍岳

雲表や春の雁ゆく絹の空

雉食べて山のあなたを恋ふ話

蒸鰈小浜を恋ひし澄雄の句

塩焼の雪代岩魚一位箸

直衣狩衣膝を崩せる男雛かな

幾百年雛の目ぢからおとろへぬ

貝合せ貝に濤音ゑがきたる

去りゆける平成の世を雛と見つ

生きてきし昭和平成鳥雲に

葦の角水際に佇ちて日和待つ

伊吹山遠くに置きて土筆摘む

土筆の子草にかくるる熊川宿

鳥雲に山しなやかにならびゐて
鳥雲に入る学窓のすこやかに

霞掃き有情の人ら行き交へる
ほんのりと焦げ目も甘き初諸子

笹原の風香ぐはしき初燕

初燕来るから水のきらめくから

高橋真智子様（豊田英二氏母上）を偲びて

極堂と親しき加賀の白椿

玉椿花入れとして鶴の首

利休忌の一炉を辞して石庭に

安曇野の堰いくつ越ゆ春の水

能面のうたひの仄と春すすむ

花たづぬ空に山ある湖北かな

名古屋城今年の花に抜きん出て

孫瑛子入社式

日本橋の花仰ぎきて入社式

千年のしだれ桜の御所に会ふ

み空より垂るるさくらに二指ふるる

しだれ咲く花のさくら木古代の香
冷泉邸みんなみしだれざくらの炎

嶺北のところどころの遠ざくら
花寺のさくらの今の盛りかな

花万朶水の近江の晴れわたり

ある僧の好むさくらをみな仰ぐ

花の山忘れしことをまた忘れ

花ふぶき幾歳月の名古屋城

花はめぐる誌齢四百五十号の笹

澎湃と風に乗りゆくさくらかな

伊吹山夕陽いま濃し八重桜

大津より瀬田の夕照花篝

花楓阿寺七滝七曲り

相寄れる山々いくつ遅ざくら

稲武より設楽に入りぬ山ざくら

花仰ぎ大き一息吸ひにけり

豊田佐吉生誕の地を訪ふ（平成二十九年三月二十九日）　三句

藪椿垣となされて厚き屋根

風格の松の芯立つ豊田邸

老松の緑しばらく仰ぎたり

現し世を発ちゆく姉へ春の蘭

中日ビル五十五年を経て解体目前（平成三十一年三月三十一日）

中日ビル消ゆるさびしさ春めぐる

湖の春風にただ吹かれ立つ

花仰ぎ過ぎゆく時のなかに居り

終焉の文字の重しよ花無尽

山藤の枝ごしに見ゆ水の筋

魞挿すやうすうす遠き比良比叡

花木五倍子活けをはりても無愛想

むすかりの花のむらさき土かくす

水底に蝌蚪のかたまる奥設楽

春夕べ窓いつぱいに鳰の湖

峰々を荘厳したる春の日矢

新城の水さらさらと竹の秋

里山を水駆けおりる竹の秋

村掟声にして読む春の暮

土くれにもどる石仏浦の春

菅浦や春の灯の海へ向く

紅鮎　二句

美しく一線曳きて鳥帰る

蜆汁式部恋ひたる尾上浜

御嶽山牧開かれて空青し

誕生日ひらく小筐の桜貝

満天星や白磁の鈴を惜しみなく
城でもつ名古屋の春を惜しみけり

ゆく春や飛騨は大きな詩の器

平成に今宵別るる花吹雪

夏

元号は令和と決り五月来ぬ

「笹」三十八周年

笹の葉の青さまさりて五月来ぬ

「笹」三十九周年

吹く風やみどりの笹の幸頒つ

四十年閲せし笹のみどり濃し

十連休終るそら豆むきてをり

草笛はむかしの遊び湖北余呉

卯月尽日平成の御世終りたる
ここなるは尾瀬のいとぐち歯朶青し

石楠花のむらさき一花多賀大社

朴の花の空は狭しよ木曾深み

薫風や比奈夫先生百二歳

令和の世はやも旬日薔薇の花

世の隅に忘れられたる花雁皮

先代の好み赤石走り梅雨

団欒の灯のひたこぼれ笹の夏

淡々と意志つらぬけり笹みどり

南知多　二句

日間賀産蛸の薄切り胡瓜和へ

潮の香の蝦蛄よろひ着る日間賀島

ぼうたんの蕾の芯のほつれなし

白牡丹物音させぬやうに住む

誓子句碑文字摺草をなぐさみに

橋渡る山車ゆつくりと一とゆらぎ

一本の松に畏敬の夏景色

万緑や木の香に沈み時すぐす

ポロネーズ聴く心地して万緑下

しんにゅうを墨足さず書く青簾

門に錆びの深まる走り梅雨

畦みちに重ねられたる田植笠

緑蔭や沓脱石のよき高さ

揚羽蝶光琳縞をまとひたる

漏刻の水の滴々時計草

ずんずんとみどり食みゆく山蚕かな

糸引くや夏蚕ころがりうらがへる

目覚めたる花弁真白き延齢草

立葵畏友のごとく咲きはじむ

世阿弥論きのふ聞きたり花葵

くれなゐのますらをぶりの花石榴

深海のいろまとひたり夏衣

菅浦に鹿の子の遊ぶ斜面(なぞへ)かな

くちなしの花の夕べをあはれとす

夕螢互ひに線を曳きあへる

鼠の子の少し長めの脚をかし

葭切に迎へられきて遠伊吹

瑠璃鳥の上枝より風送り来る

遠き日の久女を語るほととぎす

遠郭公息を継ぎをり尾瀬ヶ原

闇下りぬ海王星を杖で指す

草の香の茅の輪を遠く来てくぐる

鵜縄引く鵜匠は腰を反らせつつ

篝火のかたまり投げて鵜舟ゆく

腰蓑を結はふ麻紐若鵜匠

総がらみ真正面に鵜匠立つ

いつしんに川の流れて鵜飼果つ

天焦がし百日紅の咲くばかり

峰雲のけふ穏やかに関ケ原

名古屋城背後を守る雲の峰

落城のごとき遠山濃夕焼

雷鳴や雨はすかひにはすかひに

最晩の旅や虹の輪またぐり

虹二重短き一日使ひきり

回想　四句

フリードリヒ・ニーチェの小径山葡萄

西日濃しニースの浜に靴を脱ぐ

モンサンミッシェル片蔭の階ただ喘ぎ

千年を滴る小径地中海

帰省子の肱美しく語り出す

明日は着る越後上布に風とほす

四間道はいまも白壁夕焼雲

後山みち玉虫の這ふあとを追ふ

菅浦や鮒鮓の飯炊けるらし

新牛蒡久女語りて小原村

犬養智子筆蹟残る夏座敷

漢籍を曝せば語る亡き人ら

掛軸を替へ竹籠に夏椿

水羊羹交はすことのは美しく

草々にまじりてひらく月見草

美しき明日を信じて月見草

白百合の花すこやかに咲きはじむ
はまなすの雁風呂の浜なつかしむ

戦艦大和回想談より　二句

形代に似て配らるるにぎりめし

艦上の闇は重しよハンモック

尾瀬を歩す刻惜しみつつ日焼けして

岳人の歩を励ませる梓川

道ゆづり合へば戦友汗拭ふ

登山靴直線に行く槍ヶ嶽

尾瀬沼に一艘あらず黄菅原

黄菅咲き並びて天へ呻吟す

就寝は八時にしたがふ登山小屋

山小屋に糠漬け茄子濃むらさき

秋

秋立つや自噴湖いまも誓子句碑

銀河滔々尾瀬の山なみ更けやすし

くれなゐの穂を下げはじむ水引草

黒潮を知らぬ淡海の秋の魚

平成の八月尽は雨もよひ

鬼しぼのうすむらさきの秋袷

人の世の夢のごとしよ秋の水

浜の宿手すさびとして秋扇

もの影につまづきやすし秋ともし

三億年前は海底秋峠

花眼をばいたはる尾瀬の赤とんぼ

徒歩ゆくや千艸の風に裾吹かれ

花弁張る千艸に今宵癒さるる
いちにちのたちまち遠き千艸かな

しなやかに鐘の音あり千艸和す

谷崎昭男先生より白桃一箱送らる

てのひらに白桃一箇時過ぎゆく

白桃を食うべ陰翳礼讃す

秋の日やわが青春のト短調

夕雲を投げし神の手秋水湖

ひらきたる花ふれ合はず仙翁花

たうがらし裏口に吊り魔除けとす

親芋より子芋をはづし坐らせり

一輪の河原撫子咲きはじむ

松虫草もりんだうもわが胸中に

きのふより庭に虫来てすだくなり

冷泉邸　四句

白萩や億年ひそと明月記

京焼の茶碗に画かれたる垂り穂

姫さまと渡り廊下に雁仰ぐ

色鳥の好みの枝も冷泉邸

田から田へつながる水を落しけり

敦賀西本家　四句

豊の秋枝の高きに一位の実

庭石は苔に守られ萩の花

爽籟や素龍おもかげしのばるる

秋風や月日百代われも過客

芦原の上にしづまる竹生島

黄葉の風のななめに河童橋

岳人の歩幅の揃ふ草紅葉

いちゐの実木曾の山神赤好み

小梨の実ふたたび見上げ喜八の詩

東大構内

銀杏黄葉風の過ぎゆく師弟句碑

第八回久女の会

野に集むる秋草もつて久女讃

絵巻一巻銀杏の黄葉の隅までも

広島

秋天や折鶴のみな口つぐむ

列柱の唐招提寺雁の列

はればれと庭土叩く尉鶲

天高しこの家に住み十年過ぐ

新米の香のうすみどりすくひあぐ

落鮎や川のにごりを知らず過ぎ

小夜砧木の香に富みし片品村

菊咲けるころあひの風肌へにす

落柿舎去来三一六年祭　二句

ぬかづくや秋明菊のしろがねに

献句

天空も去来のまどゐ柿の秋

摘むほどに風のつのりし野紺菊

活けかへてまた菊の花床の間に

菊の衿合はせてもらふ菊人形

花活のうしろの闇も秋深む

定家卿下りたちし庭秋明菊

広島

赤鳥居足元も見せ千代の秋

藻にすだくわれから聞かむ安芸の秋

奔流は北へ貫く秋の風

いまごろは萩の刈らるる太虚庵

澎湃と芦原の州のつづきをり

信濃へと一本の道紅葉どき

秋水を距ててかなし奥穂高

柿の実の実りつつあり国境

落柿舎へ一門集ふ柿の秋

池の面の紅葉いろいろ仏の世

和顔施の弥陀へぬかづく紅葉寺

平成の果ての一日紅葉狩

鬱勃と余呉湖に秋日暮れやすし

稲架掛けや那須山々の稜はるか

数珠玉や畦のむかしの語り草

去来忌の次庵座布団柿のいろ

黄落のひそひそをはる不破の関

からたちの垣に寄りゆく秋思かな

朝夕に身を省みて秋燕忌

枯露柿に薄切りチーズはさみたり

むかひたる湯気ひきしまる風炉名残

晩秋や白樺の幹白を足す

冬

天狼星池塘に映り誓子恋ふ

高原のからくれなゐの壁炉かな

穂高連峰むらさき加へ雪を待つ

はるかなる木曾の山神雪来るか

冬虹の七色をいふすらすらいふ

山茶花や岩瀬文庫の石の階

赤間神宮

海ま青春帆楼の小春どき

朴散るや山荘の天いちまいに

枯野みちいちにちたどり灯を点す

ふりかかる落葉松黄葉払はざり

西村家十七代当主と語りて　二句

玉霰元禄素龍本ここに

鴨食うべおくのほそ道過客とし

水指の胴すつきりと炉を開く

人の世の恵みのひとつ炉を開く

口切や一杓の湯気畏みぬ

手炉を手に赫々流れ鉄ゆける

顔に炉火の及べり回顧談

谷崎潤一郎甥昭男氏、義仲寺無名庵第二十三世庵主に

冬芭蕉谷崎大仁と人惜しむ

着ぶくれて余呉湖をめぐる孤愁かな

湖水見て鴨の一列水の辺に

近江葱三寸の根をたたへあふ

冬すみれいつしかわれに傘寿来ぬ

人の世のうつくしかれと冬の虹

みづうみは底見えざりし鳰群るる

いくたびも無数の夢を鳰の湖

過ぎし日の遠し澄雄の鳰一句

山茶花や源氏絵巻を巻きもどす

虚空には暮の日ありぬ雪降り出す

初雪の伊吹山裾寮歌恋ふ

みよしのへみ雪の見舞したためむ

山里の風を抑へて里神楽

暖炉前ひとこと交はし山下る

我が庭に何処より来るかじけ猫

青竹を花瓶としたる年用意

冬至餅はらからの日もはるかなる

一陽来復二人の家の柚子摘まむ

日記買ふよき歳月をうべなひつ

櫟は板戸の前に立ておかる

正月用品つぎつぎ揃ふ陽の迅し

去年今年静まる空に星揃ふ

去年今年父母ありし日もかくありし

その部屋に合ふ初暦掛け終る

四百年経し名古屋城初日待つ

あらたまの金鯱の光り火種とす

生国の鯱の手ざはり年迎ふ

降神の幣を目に追ふ大旦

歳徳神仕来りのまま在します
天恩の初日を待てるわが家族

火襷を放つ初日へ合掌す

初日出づひたくれなゐの海と空

ひむがしに楷書の山を今朝の春

年立つやまづ水を汲み火を使ふ

元朝の松の斜めの幹うつくし

木の家に住み床の間に松飾る

鳰あつまり来り年明くる

鶏鳴はむかし語りよ年始

漆椀歳月に耐へ雑煮餅

初景色空の隅々まで新し

乾杯は顔より高く年はじめ

初富士や地底を走る伏流水

初富士や元始の森を裾に廻し

お互ひに刻いつくしみ初山河

天平の奉紙柔らか初昔

結界の青竹に沿ひ初詣

初詣熱田の宮へ尾張衆

初夢の信長好み辻が花

笹原に初鶯の珠こぼれ

六十余年ことばを恃み若菜摘む

八方に丘のひらけて薺粥

七日粥すずしろといふゆかしき名

初旅や富士の茜を一礼す

高僧は如何に在すや加賀の春

初茶湯加賀の干菓子のめでたさよ

はつはるや浜のホテルの玉子焼

初座敷もうせんのべて並びけり

活け花に山河の滴初座敷

父祖の世を伝へ語りて初鼓

人垣の輪のひろがりぬ初篝

孫成人式（平成二十九年一月八日）

生ひ立ちのみなとゝのひて成人す

着衣始袖をたたみて膝の上

一声をいきなり放つ鵙

雪片の渦となりゆく湖北余呉

金閣寺炎上のこと霏々と雪

直角に北国街道雪しまき

身に叶ふものとてもなし波の華

旅ごころ上総下総雪降るか

雪降りて光陰に積む古事記伝

藁苞の藁の香ほのと冬牡丹

寒夕焼利休のととや茶碗かな

あゆちがたからくれなゐに寒暮かな

寒林に囲まれ一夜稿を継ぐ

稿了の日の寒林を忘れざる

冬雲の走りの迅き久女の忌

句集　千艸　畢

あとがき

俳誌「笹」を刊行して、四十年という歳月を閲しました。私の人生の大半を、一号の欠号もなく、「笹」としてこの世に残すことができましたことは、ひとえに俳壇の諸先生方の御指導と、「笹」会員の皆様のご協力の賜物でした。天与のおぼしめしと感謝するとともに、心より厚く御礼を申しあげます。「俳句は詩」という大きく限りない、そして永遠につながるイメージの世界に遊ぶしあわせ。風雅の誠、詩の真実の無限を求めて生きてきた歳月に、今はひたすらなつかしみと幸せを感じています。

令和という新時代を迎えましたが、このところ離別の思い深く、因縁を感じます。本句集は『年魚市潟』より三年間の作品を、四季別に分類しました。そして、四季の花々に心を寄せて過ごしてきましたので、題名を『千艸』といたしました。

あるとき『後拾遺和歌集』（久保田淳・平田喜信校注）を一首一首楽しみな

がら読みすすむうちに、次の一首が目にとまりました。

橘義清家歌合し侍りけるに、庭に秋花を尽すといふ心をよめる

わが宿に千種の花を植ゑつれば鹿のねのみや野辺にのこらん　源頼家朝臣

庭にいろいろな秋の花を植えてしまったので、いまでは鹿の声だけが野辺に残されているのだろうか、という意。この一首は、限りなくイメージが豊かで、現在の私の心を無意識にとらえ、はるか中世の昔へと誘ってやみません。

句集上梓に当たり、私の俳句生活の初期からの畏友石井隆司氏と、『俳句』編集長立木成芳氏に大変お世話になりました。ここに記して、心より御礼を申しあげます。

令和二年五月　伊藤敬子

＊著者は令和二年六月五日、逝去されました。謹んでご冥福をお祈り申し上げます（編集部）。

著者略歴

伊藤敬子（いとう・けいこ）

昭和十年、愛知県生まれ。昭和二十六年、愛知県立旭丘高等学校在学中より句作。

愛知淑徳大学大学院博士課程後期課程修了。文学博士。令和二年六月五日死去。

山口誓子・加藤かけいに師事。環礁賞・愛知県芸術文化選奨文化賞・山本健吉文学賞など受賞。

東海俳句懇話会主宰、「笹」主宰、公益社団法人俳人協会評議員・俳人協会愛知県支部長、
愛知芸術文化協会理事、芭蕉顕彰名古屋俳句祭会長、日本文藝家協会会員、
日本ペンクラブ会員、ＣＢＣクラブ会員。

中日文化センター、ＮＨＫ文化センター、ＮＨＫラジオ第一放送の〈文芸・俳句〉の各講師。

『俳句』「平成俳壇」選者、「去来祭」「守武祭」「時雨忌」などの各俳句大会選者を務める。

句集『光の束』『鳴海しぼり』『存問』『百景』『白根葵』『象牙の花』『山廬風韻』『淼茫』『初富士』『年魚市潟』など。

評論集『写生の鬼――俳人鈴木花蓑』『ことばの光彩――古典名句への招待』『高悟の俳人――蛇笏俳句の精神性』『風雅永遠』、入門書『やさしい俳句入門』、その他『自註現代俳句シリーズ・伊藤敬子集』『杉田久女の百句』『鈴木花蓑の百句』ほか多数。

連絡先　〒465-0083　名古屋市名東区神丘町二―五一―一　伊藤和吉

句集　千艸　ちぐさ

初版発行　2020年7月25日

著　者　伊藤敬子
発行者　宍戸健司
発　行　公益財団法人　角川文化振興財団
〒102-0071　東京都千代田区富士見1-12-15
電話03-5215-7819
http://www.kadokawa-zaidan.or.jp/
発　売　株式会社　KADOKAWA
〒102-8177　東京都千代田区富士見2-13-3
電話0570-002-301（ナビダイヤル）
https://www.kadokawa.co.jp/
印刷製本　中央精版印刷株式会社

 ISBN978-4-04-884346-1 C0092